아침달 시집

폭설이었다
그다음은

한연희

시인의 말

월요일에 태어난 감정이었습니다.
망치가 될 가능성, 노래가 될 가능성,
오이가 될 가능성이었습니다.

그러나 아무것도 없음.

어느 날 아침, 툭, 머리 위로 떨어진 그것이
전혀 뜻밖의 생물처럼 입을 벌렸습니다.

함께 웃어주세요.

2020년 12월
한연희

차례

발문

겨울방학

솜이불 밖으로 나온 두 개의 발이
너무 차가워서 어루만져주었다
여러 개의 작은 발들로 늘어났다

방학에는 얼마든지 늦잠을 자렴
잃어버린 걸 찾기 전에는 눈뜨지 말렴

창밖은 아직 어둡고
영영 아침이란 것은 없을 것 같고
영영 말 한마디조차 할 수 없을 것 같고

국어사전을 뒤적이다가 튀어나오는 벌레를 눌러 죽이면
무료해서 생겨난 작은 발들이 꿈틀댔다

숙제는 없음 슬픔은 없음 안녕은 없음 봄은 없음

없음이란 계획표에 가까울까 반성문에 가까울까

이불 안에 웅크린 늙은 고양이가 일어나
허공을 향해 오래도록 칭얼거리자
형광등이 깜박거렸다

그래 일기를 꼬박꼬박 써야지
오늘이 어제 같고 내일도 별일 없는

베개가 움푹 파여가는 날들에 대해서
생활 계획표에는 없는 유령 놀이에 대해서

먼지 쌓인 창틀에 찍힌 작은 발자국을 쫓거나
벽지에 생기는 뜻 모를 문양을 바라보면서
쓸데없이 화가 나는 마음을 풀어놓아야지

어디선가 희미하게 코 고는 소리가 들린다

아무도 없는 이 집 모퉁이에서
투명한 사람쯤 한 명은 잠들어 있는 것이고
그 코의 뭉툭한 모양에 대해서 묘사해보는 것이고

그러나 붙박이장을 샅샅이 뒤져봐도 무엇 하나 찾을 수 없음
이 방 저 방으로 재게 걸어봐도 방학은 끝이 없음

봄을 맞이하는 자세는 발에 있다고 생각하자
어둠이 이불 밖으로 발을 내려놓는다
여기엔 정말 별일 없음

유령환각

폭설이었다
그다음은 대학살

어떤 나라에서는 인쇄공들이 고양이를 몰살시켰다
가죽을 벗기고 두개골을 으깨어놓았다

언덕 위에 쌓이고 있는 것은 때론 너무 흔해서
무생물에 가까웠다

책가방과 아이들이, 털장갑이, 작은 발이 수북해졌다가 서서
히 지워졌다

눈을 잠시 감았다 뜨고 나면
환각은 사라질 거라고 믿었지만

선명한 유령들이 눈밭을 밟으며
돌담을 뚫고 나무를 지나며
꾸역꾸역 밀려들어왔다

벌판에 가까이 다가갔다는 이유로
역사에 대해 알고 싶어 하는 내게로

빠르게 다가오는 것 같았지만
그저 허공에 떠밀렸다가 흩어지는 것일지도 몰랐다

머리 위에서 황조롱이 한 마리가
검은 눈이 박힌 날개를 펼친 채 뱅글뱅글 맴돌고

이름 없이 떠도는 너희는 누구니?
누구를 본떠 생겨난 거니?

어린 유령들을 따라 벌판을 벗어나자 수많은 골목길
오른쪽으로 돌고 돌다 보면
문득 차가운 손이 나를 잡아당겼다

하얀 마대 자루를 뒤집어쓴
매끈하고 투명한 오리발의 아이가

울지마……
　　……울지마
　　　　……울지마……

떨어지는 눈송이를
내버려두고 주저앉아

떠오르는 이름을 나는 읊어주었다

안, 율, 영, 은, 숙, 호, 재, 령……

고개를 들면
새까맣고 텅 빈 눈동자들이
마른 가지에 다닥다닥 달라붙어 있다

하늘은 휑하니 열려 있을 뿐이고

어디선가 초록 불이 점멸하다 꺼졌다
비행기가 떨어진 것 같았지만

아무도 이런 환각을 보지 못했다

◗ 헨리 제임스, 『나사의 회전』.

핀란드식 콧수염

동네 잡화점에서 잿빛 콧수염을 샀다
검은 털에 비해 잘 어울릴 거라며
주인이 내게 내밀었다

원산지가 핀란드라는 것
물을 뿌려준 뒤 그늘진 곳에서 잘 말려야 윤기가 난다는 것

콧수염을 붙이고
콧수염에 대해 떠들고
콧수염에 대해 자랑하고 다녔다

특별해진 기분이 자라나 거리를 활보했다
세상에 대해 너그러워졌다

원래 있어야 할 자리에 있던 것처럼

인중에선 이끼 냄새가 났다 바위에 뿌리를 내려 살아온 식물
같고, 자란 털을 쓰다듬으니 내가 무성해지기 시작한 것 같고,
간지러웠다가 따갑다가 부드러워지는 기분이 싫지 않았다

어쩌면 이 콧수염은
겨울바람을 맞으며 숲을 돌아다녔을 것이다

어스름이 진 후에는 땅을 파고 불을 피우고
위스키를 들이켰을 것이다

콧수염에 이슬이 맺히기도 했다가 잔불에 파삭 잘 말라갔을
것이다 죽지 않고 숲을 헤매는 백작 부인의 전설에 대해 들었을
지 모른다

부인에게는 잿빛 머리칼을 정성스레 손질해준 하녀가 있
었고, 검은 눈을 한 이국의 하녀가 부인을 사랑했을 테고, 돌팔
매질로 인해 죽어버린 하녀를 백작 부인은 살리고 싶었을 테
고, 악마와의 계약은 부인에게 영영 죽지 않는 형벌이 되었겠지,
거울에 비친 잿빛 콧수염의 내 얼굴은 하녀와 묘하게 닮았겠지

콧수염 끝을 비비거나 꼬면
몇 세기를 걸쳐온 영혼이 낯설어서

나는 나를 영영 모를 것 같은 기분과
세상에 여러 번 잘못 태어났다는 기분과

햇볕에 잠깐씩 반짝거리는
콧수염의 하나뿐인 숙주가 된 기분

어디선가 백작 부인의 발소리를 듣고
겨울 숲의 메마름과 잔불의 매캐함을 맡으며

코밑을 정성스레 쓰다듬는다
세상에서 가장 중요한 임무라는 듯
몰두하다가

사랑한다는 기분에 휩싸이는 것이다

정어리

태양이 작은 방에 들어와 나가지 않는다

정어리들이 썩지 않도록
소금과 상처를 한데 담아두고 있는 거래

방 안에 누운 우리가 부패한다면 참 좋을 텐데
어젯밤 뺨에 난 상처를 벌리니 웃음이 새어 나온다

게리온과 헤라클레스가 자동차 안에서 뒹굴었을 때 말야
그 날개를 뜯어내 갖고 싶었어

질투는 소금에 절여놓는 게 제일 좋은 방법이라서
인간이 다른 인간에게 손을 내민다

함께 눕자

흰 알갱이를 가득 채운 바닥에 누워
하고 싶었던 말이 무엇이었는지 찬찬히 떠올리는데

꼭 정어리 같잖아

인간이 인간에게 꽉 달라붙어

인간에서 다른 무엇으로 발효된다

우리에게 지느러미는 등허리 어디쯤 달려 있어야 한다

거대한 정어리는
바닥에 눌어붙어 불에 탄 섬에 대해 생각한다

자서전을 쓰고 있었더라면
집 밖으로 나가지 않는 태양에 대해 썼을 텐데

불길에 이글거리는 눈알과
사타구니에서 번져가는 비린내와
불명확한 우리 앞날에 대해서도

우리는 한때 무척추동물이었을지도 모른다

누워 있는 것이 꿈틀거린다
인간이었던 상처 틈에서
와락 쏟아져 나오는 걸 봐

축축하고 매끄러운 은색 비늘들이 우글우글거리는

ᘃ 앤 카슨, 『빨강의 자서전』.

톰보이

세상은 흑과 백으로 나누어지길 좋아한다
인간은 남과 여로 존재하기를 원한다
모자는 모자와 나로 나누지 않는다

모자를 더 깊게 눌러 쓰지
모자의 각도를 연구함으로써
모자의 둘레를 사랑함으로써
무한 증식하는 존재

모자 속에 모자가 나를 꺼낸다
터번을 두르고 마치 일요일의 축구공처럼 신나게
내리막을 돌돌돌 구른다

페도라에서 비니까지
일요일의 모자와 화요일의 모자는 함께 나아간다

광장에서 아아아아 함성을 지르고
나를 안아주는 여자애의 사랑스런 목덜미를 본다

세상에서 제일 넓은 모자가 될 거야

모자 속 짧은 머리카락은 주저앉아 있지만

콧수염은 뾰족하게 일어나 있어

나는 어른이 아니고 어린이도 아닌
정체불명의 톰

톰은 화성에서 왔으니까
흑백이 뭔지 모르니까
너무 많은 모자 중에서 이상하고 아름다운
초록색 아이

언니는 핑퐁

언니는 날아다닌다. 왼쪽에서 오른쪽으로 핑퐁 떨어진다. 언니를 세게 후려치자 웃으며 되돌아온다. 핑, 퐁, 언니야. 핑, 퐁, 하루가 간다. 콧물처럼 끈질긴 언니가 좋아서. 나는 뺨을 때린다. 불행이란 탁구공만 한 거야. 맘껏 머리 위를 통통 튀지 마.

언니가 나를 밀쳐낸다. 골목에서 지붕으로, 전봇대에서 하수구로, 핑퐁 핑퐁. 부어오르는 불행을 잊고 싶어서. 김빠진 맥주 같은 아빠가 티브이를 부수고, 애인은 시도 때도 없이 자위를 하고, 이런 불행들이 건들거리며 자꾸 손을 잡아서. 나는 집 밖을 벗어난다.

현관을 불태우고 야산을 불태운 언니가. 보름달을 불태운 언니가. 내가 더 불행하다고 악을 쓰는 언니가. 나를 벽에 튕긴다. 손가락질 받으면 손가락을 먹고 발길질을 당하면 발가락을 먹는다. 우리는 한데 뭉쳐져 튀어 오른다. 신나게 불행을 주워 먹는다.

핑 하고 솟구쳤다 퐁 하고 우울해하는 놀이. 언니야, 내일이 내일 모르게 지나갈 거야. 우리는 언제나 한 팀이니까. 챙챙 머리를 서로 부딪치면서 유쾌해진다. 불행이 부풀어 저만치 앞서 간다. 맨홀의 입구로 들어서면서. 아침이 느릿느릿 기어가는 걸 보면서. 잘못 친 오늘이 멀리 튕겨 나간다. 지구 밖으로 핑퐁.

작은 순살 닭튀김

원형 탁자에 놓인 닭튀김
둥그렇게 둘러앉아 먹으면 좋겠지만
홀로 씹어 먹으니
목구멍 아래로 내려가는 건
슈슈입니다

뱉기엔 늦어버린 흰 덩어리가
끈적이다가 돌돌 뭉쳐진 채 숨통을 조여옵니다
재채기를 해봅니다

슈슈는 마구 달리다가 나무를 들이받은 겁니다
날개가 잘린 닭이에요
슈슈를 일으켰지만 껍데기뿐이잖아요

깡마른 여자애가 있었습니다
입술이 새파래서 곧 죽어버릴 것만 같은
여자애를 안아주었습니다

목 놓아 우는 여자애는 심장을 뱉습니다
빨갛고 끈적거리는 닭의 내장 같은
비릿한 것을
나는 먹었습니다

그녀가 버린 슈슈가 맞습니다
그녀가 남긴 저녁이 맞습니다

탁자 위에 접시
접시 위에 정체성
닭튀김 안에 뭉친 열망

나와 함께 근사한 식사를 꿈꿔왔잖아요 언니도 아니고 애인
도 아니고 끼니를 거르기만 하다가 증발해버린 그녀는

삶이었단다
닭장에 갇혀 버린 이후부터
닭이 되어보기로 한 여자애를
너무나 사랑했단다
여자애는 죽으면 바람대로 살 거란다
나를 두고서 깊은 산속으로 사라질 거란다

안녕 언니

안녕 슈슈

둥그런 그릇 안에서
여자애가 환하게 웃어요
번들거리는 입술을 핥으면서요
티슈를 건네줍니다

주방에서는 슈슈가 잘 튀겨지고 있습니다

여기 한 접시 더 추가요

코 파기의 진수

어둠은 때론 어둠을 빨아들인다, 그건 나쁘지 않은 일이다
그녀와 나는 방과 후 교실에 남아 사물함을 후비고
먼지를 닦아낸다

대걸레로 딱정벌레를 세게 짓눌러버린 일, 그건 좋은 징조다
책가방을 모아 소각장에 집어넣으니 불길이 치솟는다

언제 우리는 악마를 사로잡을 수 있었을까

코로 숨을 쉬어야 하니까 정성껏 쓸어놔야지 하는 마음
하루에 수십 번씩 코를 풀 때마다 어서 코가 사라졌으면 하
는 마음
사물함을 잿더미로 가득 채워놓고 싶은 마음

그런 마음들이 죽은 새를 넣어둔다
깃털과 발톱들, 피 묻은 팬티와 불길함이 튀어나오자
담임은 사물함을 하나둘 없애버린다

서랍 안에 얼마나 많은 반성문을 채워야 이 세계를 떠날 수
있을까

그녀는 우아하게 코딱지를 튕기며 서랍 속으로 들어갔다

나는 책상에 엎드려 코를 열심히 팠지만
친구들의 무관심 속에서 코피만 쏟아내다니

그건 좋지 않은 일이다

가끔씩 그녀를 찾으러 콧구멍 안으로 들락날락한다
왜 사물함은 제대로 된 마음과 연결되지 않는 걸까
재채기를 할 때마다 그녀의 목소리가 들린다

손가락 하나가 콧속에서 빠져나오지 못하거나
악마의 예감이 마구 자라나거나
아무리 해도 찾을 수 없던 사물함 열쇠가 나온다거나

체육복을 벗을 때마다 맨살 냄새를 맡으면
어쩐지 나를 벌리고 그녀가 기어 나올 것만 같다

그건 좀 슬픈 일이다

밍밍

언니는 새벽을 걷습니다. 나도 따라 걷습니다. 손끝에 매달린 연기가 앞서갑니다. 우리는 부지런히 쫓아갑니다. 언니는 밍밍이라 말합니다. 배고프단 뜻입니다. 우리에게 밍밍은 담배입니다. 오늘 치의 밍밍은 다 떨어졌습니다. 여름은 너무 빨리 아침을 불러옵니다. 밍밍해, 밍밍하자, 밍밍하고파, 공원 입구에서 언니는 재잘거립니다. 나도 따라 입을 달싹입니다. 새벽은 우리 발밑에 숨어들었습니다. 우리는 훤히 드러납니다. 어서 수풀로 피신합니다. 근처에서 언니는 장초를 발견합니다. 오늘 우리의 첫 밍밍이지, 맛있군 맛있어, 언니 입에서 내 입으로 밍밍이 옮겨 옵니다. 나는 몽몽이라 말하고 싶어집니다. 언니가 급하게 하나를 먹어치웁니다. 나는 겨우 맛보았을 뿐입니다. 언니야 밍밍하지 마, 언니야 멋대로 좀 가지 마, 오늘따라 언니가 싫어져 고개를 파묻습니다. 개미는 일렬로 발밑을 지나갑니다. 아침이 지나갑니다. 이러다 나 혼자 남을 것만 같아 고개를 듭니다. 언니는 나를 좋아한다고 말합니다. 진짜 같은 거짓말입니다. 언니는 곧 가버릴 것입니다. 이 수풀을 훌훌 벗을 것입니다. 머리를 풀어헤치고 또각또각 나아가 변태할 것입니다. 향수를 뿌리고 립스틱을 바릅니다. 마지막 밍밍은 입술 끝에서 타들어갑니다. 발바닥이 바짝 타들어갑니다. 언니를 좋아하지 않습니다. 진짜 같은 거짓말입니다. 언니는 우리의 시간을 먹어치우고 있습니다. 나는 멍멍이라 말합니다. 언니의 손가락을 물었습니다. 귀에 주둥이를 넣고 말합니다. 멍멍이라고 언니야, 가지 말라고 하지 말라고 멍멍, 언니의 입술을 물어뜯습니다. 다음은 발가락을 뜯어 먹을 생각입니다. 떨어진 밍밍이 꽃밭에 옮겨붙습니다. 연기로 가득 찹니다. 수풀은 거대해지고 있습니다.

태권도를 배우는 오늘

종일 품새를 배운다 나는 삐뚤어지기 위해 왔지 튼튼해지는 팔뚝이 싫어 왼팔에 태권, 오른팔에 권태, 모른 척 구령 연습을 한다 바지 안에는 주운 바둑알, 제멋대로 굴러가는 하루와 함께 뒀지 주머니를 뚫고 심술이 터진다

으랏차차 기합 소리에 모두 깜짝 놀랐지 흐뭇해진 나는 바닥을 구르지 어제보다는 오늘이, 그제보다는 뒤꿈치가 엉망이라 다행이야 발끝이 머리에 닿는다 내일은 별로 궁금하지 않고 매끈한 바닥이 궁금해 땀이 나도록 발차기를 한다

작은 바둑알이 나라는 게 좋아 시시콜콜해진다는 게 좋아 지루해진 여자애들은 바삭바삭 모여 앉아 내 쪽을 힐끗대지 장난감은 내가 아니라 너희들이다 어디서든 투명해지는 수련을 해야지 앞으로만 구르는 나를 빼고 모두 제자리 뛰기를 한다

오늘 배운 자세로 내일을 향해 도약해보라지, 나는 늘 처음 하는 것처럼 다리를 뻗는다 하나 둘, 하나 두울 내가 멋져 흰 벽엔 앞차기 허공엔 뒤차기, 올바른 자세를 배워도 금세 틀어지는 몸뚱이가 나의 자랑이다

전격 X 작전

하루에 1센티씩 자라나
인중을 덮는 무궁무진한 것
내 인식의 지평을 열어주렴

넥타이를 푸는 남자는 근엄한 척 앉아
나를 길들이려 하지
지성은 다리를 쩍 벌려야 하는 거라면서

역사 전문가 흉내는 집어치워
남자의 콧수염을 떼어내
내 코밑에 붙여버리지

여자가 아니라 인간
남자가 아니라 인간
인간은 털북숭이 사과

마음이 중요하다고 했잖아요
신은 늘 불완전함을 꿈꿔왔다구요
신은 우리 같은 존재를 원했다구요

눈썹이 코밑에 달라붙은 기분
콧수염은 나를 길들이지

온몸이 근질거려 벌떡 일어섰어요

지루해지는 강연장을 벗어나요

두 손 들어 안녕하면
겨드랑이에서 뱀의 머리들이 비집고 나와요

이러니까
좀 살 수 있을 것 같잖아요

콧수염과 성의 역사
콧수염에 매달린 신의 말씀
무성의하게 정의 내려진
인간과 털의 에로티시즘

정성껏 쓰다듬는다
말을 걸어준다
이게 세상을 흐르는 비결이에요

걱정은 집어치우고
털북숭이 사과연구회 모임에 가요
제멋대로 구부러진 회원들의 증표로

파인애플 수염을 내밉니다

양산 굿즈

눈을 뜨면
아침은 스릴러에 가까운 장르

밀실에 갇힌 건 누구였더라
어제가 언제였더라

쪽지에 미치광이 버섯에 대해 흘겨 썼으나
무얼 의미하는지 알 수가 없어

왜 양산을 활짝 펼쳤더라
창문을 도대체 어디에 버려뒀더라

호시탐탐 어떤 악의가 등골을 파고들어
다큐 영화에서 봤던 그림자를 만들어낸다

수조관 밖에서 펄떡이던 생선의 아가미나
개미굴로 빨려 들어가는 메뚜기의 눈알

양산을 모두 다 활짝 펼쳐놓으면
파노라마처럼 그것들이 수없이 지나간다

열한 개의 원 안에 몸을 뉘여놓고

천천히 호흡을 하면서
악의를 몰아내려 애쓰면서

깜빡깜빡 잠이 들었다 깬다

쾅 쾅 쾅
어느 집에선가 들리는 망치질 소음에 맞춰
잡아먹히고 잡아먹는 그림자들이 튀어 오르다
후드득 떨어져내린다

짓이겨진 지렁이라던가 물에 불은 사체라던가 딱딱하게 말
라붙은 핏자국 혹은 겁에 질린 내 친구의 얼굴, 칼을 들고 진저
리를 쳤던 어느 날

손잡이를 쥐고
양산에 대한 믿음을 꾹 눌러 펼친다

스스로 죄악에 빠지지 않게 해달라는 이 마음을

양산을 펼치는데 기꺼이 드는 이 헐거움을

늘 기도와 같은 것이라고 여겼었는데

나를 악인으로 몰아붙이는 여름빛은
발등에 여전히 달라붙어 떨어지지 않는다

커다란 양산을 하나 펼친다
그늘이 뒷덜미를 훅 잡아당긴다

체코 연필

*지루하다*는 연필을 꽉 붙든다
글을 쓸 줄 알기에 공책을 펼친다
아침에 눈을 뜨면 지루하다고 적는다

혹은
연필은 파랗다 파란 소파는 녹아내린다 녹아내린 바닥은 달
콤하다 달콤한 커튼은 으르렁댄다 으르렁대는 리모컨이 달려나
간다 달려나간 형광등이 웃는다 웃는 액자는 아스파라거스 같
다 아스파라거스라니 너무 지루하다 그러니까 파랗게 질린 낯
짝의 거실을 벗어나려고

*지루하다*는 그만 여기서 멈춘다

모든 연필이 메이드 인 체코였으면
체코가 여기와 아주 가까운 거리였으면

*지루하다*는 뒤죽박죽인 거실 한가운데에서
체코와 아무 관련 없는 만세를 부르거나
구부리고 앉아 뜀을 뛰어본다

그러나 체코 공장에서는 연필을 만들지 않는다

직원이 오지 않는 일요일에
몰래 나무에서 떼어져
조금씩
세계로 흩어져나간다

*지루하다*는 연필을 바르게 잡아본다
연필처럼 꼿꼿하게 허리를 펴고 앉아야만
올바른 생각이 생겨날지도 모르니까

덜 지루해질 거라 믿으면서
*지루하다*는 이제 몸을 구부려 바닥에다
뭐든지 써 내려간다

유리 콩팥 고무줄 네네 나뭇가지 연과 필 우리 도도 지루 겨울 쿠쿠
나방 체체 곰팡이 루루 아닌 도롱뇽

*지루하다*는 물구나무서기를 한다
연필로 칠해놓은 새까만 하늘을 본다

덜 지루해진 오후가

떨어진다
연필이
조금씩
어

                    디

                                        론

                    가

굴

                    러

                                        간다
                                         다
                    행
이
다

코코넛 아이

코코넛의 단단한 껍질 안에 있던
아이에 대해서 들은 적이 있다

하얗고 투명한 속살의 아이는 인간이 아니라고
그해 코코넛 농사를 망친 게 아이 탓이라고
아이를 죽이자
나무에서 상한 코코넛 과즙이 줄줄 새어 나왔다고 했다

내가 아는 아이는
아무것도 무서워하지 않는 것보다 더 무서운 게
바깥세상이라는 걸 모르고
자꾸 태어나고 싶어 했다

신나게 세상을 굴러가려고
쓸모를 위해 더 거칠어지는 줄 모르고
내 배 속에서 발길질을 해댔다

그래서 인간은
코코넛을 껍데기에서부터 속까지
죄다 버리지 않게 되었다고 했다

주스가 되고 코코넛 칩이 되고 나머지는 그릇이 되기도 하면서

관광객에게 열심히 팔았다

그렇게 되자 코코넛 아이들은
자꾸 바깥세상 너머에서도
태어나 자랐다고 했다

하얗고 아무것도 모르는 아이들이
전쟁에서 살아남고
굶주림에서 살아남고

신만 아는 아이는
죽음을 총알구멍에서 인간들의 입으로
가져왔다고

매대에 올려진 코코넛을 본다 저 안에서 찰랑이며 익어가고
있을 아이를 본다 구멍이 생긴 줄 모르고 누군가 침범하고 있는
줄 모르고 잠에 빠져들고 있는

코코넛이 점점 달콤해지는 건 무섭기 때문이다
단단한 껍질을 부술 수도 있다는 것을 깨닫게 되기 때문이다

코코넛을 보렴

나무가 타 죽어가는 중에도
점점 맑게 차오르는 영혼을 가진 아이를 보렴

코코넛 아이는 내 속으로 들어왔다가 사라진다

전쟁이 벌어진 지구의 끝에서
물조차 먹을 수 없어서
구멍을 찾아 기어들어가는
아이가
상한 과즙을 흘리고 있다

그럼에도 콩샐러드는 우아해

콩을 모르는 한 사람이 길을 걷다가 콩을 발견한 이야기

콩을 죽도록 먹기 싫어하는 한 사람이 콩을 심자 마구 자라
나 집안에 복을 넝쿨째 굴러들어 오게 한 이야기

완두콩처럼 다닥다닥 열린 행복이 한 사람을 짓밟으며 집에
서 몰아냈다는 이 이야기의 교훈은?

어떻게 해도 콩은 맛없다

콩은 절대 복을 주지 않는다

열심히 최선을 다해 콩을 먹지 않고 있던 나는

순전히 이 결말 때문에 세계가 궁금해졌어요

세상에나 콩은 정말 다양하고 징글징글한데

어디를 가든 불쑥 머리를 내밀고는

이야기를 만들어냈어요

호랑이콩의 으스스한 전설, 완두콩 소녀의 성장기, 강낭콩의
효능에 대한 소논문, 병아리콩의 기원을 밝힌 동요, 그들의 세계
에선 이야기가 지하수처럼 넘쳐 흐르고 있었어요

서리태가 가득 든 깡통을 마구 흔들어보면 마치 서사가 될
것처럼

렌틸콩을 씹으면 은유를 배우고 상징에 대해 알게 될 것처럼
베네딕트 컴버배치의 길쭉한 얼굴과 그린빈의 접점을 풀어
낼 것처럼

이런 콩 저런 콩 이야기하기엔 하룻밤도 모자라겠어요 콩깍
지에 쓰인 사람이 있을 수 있고 한 번도 콩을 먹지 않은 사람이
있을 수 있고 그러니 콩을 싫어한다고 해서 집에 언제 수확한지
모를 콩을 한가득 모아두기만 했다고 해서 불행한 일은 아니잖
아요 삶은 콩과 아무 관련이 없으니까요

나는 콩샐러드를 한 숟가락 떠먹었습니다

여태 내가 불행의 씨앗일지도 모른다고 여겨왔는데
불행은 콩처럼 속을 알 수 없는 둥글고 딱딱한 것이라 믿어
왔는데
결코 아니었어요

집 안에 잠자고 있는 서리태는 아직도 단단해 곧 깨어나 이
야기를 만들어낼 거예요 나는 불행과 뒤섞이고 맛보면서 자라
왔어요 짠맛 쓴맛 다 본 삶이 내 이야기예요 콩샐러드가 우아하
게 입 안을 활보하며 자극해요 그러니까 결말이 뭐가 중요한가
요 으깨져도 괜찮아요 싫어하는 걸 존중해줘요 콩샐러드는 여

전히 아무 맛이 없지만 눈물의 맛 같아요 그럼에도 나는

콩 한 알처럼 얼마나 자주 이야기를 하고픈 사람인가요

자주 틀리는 맞춤법

일기 속에 오늘을 틀리게 써넣었다. 언니는 자주 모서리에 부딪힌다 *나는 현명하다 골목은 흔한 배경이다 옆집 개는 죽는다 똥개야 살지마 언니야 던지지마* 휘갈겨 쓴 문장을 언니는 몰래 훔쳐 읽었다. 그리고 화를 냈다. 낮은 계단에게, 새는 물컵에게, 쭈그려 앉은 개에게. 너는 왜 늘 네 멋대로니?

곧 바뀔 거라고 믿은 빨강은 멈췄다. 행인들이 건너가버렸다. 언니가 틀렸다. 나는 운이 많은 아이니까. 셋만 세면 언니가 다시 돌아올 거니까. 나는 숫자의 비밀을 알고 있으니까. 사거리에서 언니가 뒤돌아봤다. 내가 알고 있던 언니는 없었다. *언니야 괜찬지마 언니야 도라오지마 어떡게 어떻해 멈추지마*

건너편 간판엔 *각종 찌게 팜니다 어름있읍니다 나으 죄를 사하여주십시요* 옳바른 행동교정 이상한 글자들이 좋았다. 내 이야기가 비뚤어질수록 좋았다. 아무도 날 교정 못 하는 게 좋았다. 정답과 멀어진 내가 좋았다. 틀린 간판은 어디에든 걸려 있고. 언제든 글자를 거꾸로 읽을 수 있으니까. 사라진 언니를 떠올리는 대신 오늘의 날씨를 읽었다.

맞춤법은 틀렸어, 기상예보는 틀렸어, 앨리스가 틀렸어, 대통령은 모르지, 언니가 옳았지, 백과사전이 옳았지, 철학자마저 옳았지, 그러니 내가 틀렸어, 뭐가 틀렸는지 몰랐고 아무도 틀리지 않았으니까 옳았어, 틀렸으니까 모르고 모르니까 웃기고, 불가능하게 구름이 툭 떨어져버리고, 꽉 막힌 도로에 싱크홀이 생겼다. 이제 나는 영영 틀린 사람이 되었다.

봉구 하우스

핑크는 봉구다, 봉구는 바보다, 그래서 예쁘다, 예쁘니까 핑크, 너도나도 핑크, 핑크니까 꼼짝 마, 봉구야, 나 문 앞이야.

봉구네 집엔 봉구가 없다, 어디 가서 오질 않니 봉구야, 나는 혼자가 싫어 봉구가 먹던 만두를 먹고 봉구가 쳐다보던 거울을 보고 봉구가 입던 원피스를 만지작거린다, 죄다 가짜라서 토할 것 같아.

그러니까 진짜는 벽 속에 있다구? 그렇담 네가 나와서 술래 해, 네가 나와서 봉구 해, 핑크는 어디에도 없으니까.

봉구는 세탁기에 숨어 나오지 않는다, 불러도 대답하지 않는다, 배에 난 구멍은 누가 그랬지? 나라고 말 못하겠다, 손에 든 게 칼이라고 말 못하겠다.

몸속에 뭐가 있다고 생각해? 칼로 세게 후벼 팠더니 돌이 나왔어, 핑크빛 돌멩이가 줄줄 흐르다 찐득해져, 그런 핑크야말로 진짜 핑크지, 핑크야 나 좀 제대로 죽여줘, 봉구 너는 봉구라서 죽는 거다, 죽은 것들이 한데 모여 놀고 있는 거다.

고양이 눈깔에 있다, 봉구의 팬티에 있고, 보석함에 가득하고, 서랍 속 편지에도 있다, 어디에도 똑같은 건 없다, 그러니 봉구 너를 위해서, 봉구야 집에서 기다릴게, 봉구가 너희를 부른다, 늑대처럼 웅크리고 부른다, 어서 어서 놀러와, 나의 리틀 핑크 하우스⌐

⌐ The Czars, ⟨Little Pink House⟩.

스핀들

얇은 입술을 촘촘히 바느질하느라 땀방울을 꽤나 흘렸지 내
귀에 키득키득 웃음을 흘리던 언니, 틈만 나면 애인을 자랑하느
라 바쁘던 언니, 말 못 하는 지금은 답답해 미치겠지 키득키득
난 웃음을 녹여 먹으며 언니를 바라본다 친언니가 생긴 거라 여
겼다 사랑하고 싶었다 *너는 시를 쓸 수 없어, 동생이 될 수 없어,
사랑할 수 없어,* 내게 꼬챙이를 꽂으며 주문을 외우는 언니, 난
고개를 끄덕이면서 언니만 바라보았지 거짓말과 거짓말을 엮어
만든 가죽을 뒤집어쓰고 애인인 척 흉내 내다니, 한 땀씩 늘어
나는 잘못된 문양을 못 봐주겠어 언니의 가슴팍에 쐐기풀 무늬
를 새겨줄까 주홍글씨를 새겨줄까 난 *애인이 될 수 없어, 난 언
니가 될 수 없어, 차라리 시를 새겨줄게,* 차갑고 작은 손을 붙잡
는다 무릎에 천천히 쌓이는 빛의 부스러기, 바닥엔 짓이겨진 꽃
잎이 가득하고 언니의 뒷모습이 보이기 전에 나무 꼬챙이를 바
닥에 깊게 꽂아둔다 언니의 발목을 낚아챌 튼튼한 실을 감아둘
거야 키득, 날 닮은 언니를 향해 키득, 붉게 물든 색실을 뽑아내
고 있다 나는 오늘을 몇 번이나 산 것일까

ꜜ   Spindle: 물렛가락. 물레로 실올 자아낼 때 실이 감기는 쇠꼬챙이.

철학소사전

선배가 바지를 벗었다
투명한 몸뚱이란 것이 무엇인지 보여주겠다

그런데 가장 모호한 점은 내가 인간이라는 거다
인간을 벗어나는 길을 연구하던 선배는
흑염소가 되었다

풀을 뜯고 뜯으며 존재의 거짓을 증명했다
되새김질이 유일한 삶의 목표가 되었다

선배가 남긴 사전 속에 해답이 없다는 것을 알면서
나는 밤낮으로 읽었다

하이데거는 말했다
*인간에게는 죽음이 예정되었으므로 현존재 자체에 몰두해
야 한다*
프로이트도 말했다
욕망이 너무 거대해지면서 인간은 꿈속을 헤매게 되었다

개념 있는 자식들이 더하잖아
왜 다들 자신에게만 골몰하고 있는 것이냐

사실 이런 말은 사전 어디에도 없다

해는 아침에 뜨고 저녁에도 떠 있다
세계는 경계를 나눈 적이 없다
다행히 나는
누군가를 믿어본 적이 없다

문 닫힌 공원에서
서서히 말라 죽어가는 개양귀비 밭을 바라본다
아무도 물을 주지 않으니 당연히 사라지기 직전이고
밭에서 짐승을 키우고 있는 것이다

그러니 애써 흑염소를 믿어보는 것이다

비관적인 선배는 공원 뒤편에서 풀을 뜯는다
무신론자인 친구는 침대 속으로 숨어든다
선생은 그냥 인간인 채로 있는다

전염병처럼 퍼진 존나병이 사전에 등재되었다

존나병: 인간들이 자신의 쓸모없음을 증명하기 위해 손과 발
을 자르고 입을 다문 후 전혀 다른 존재로 변하는 병

지구에는 더 이상의 존재하려는 인간은 존재하지 않는다

콧수염 로맨스

마담, 나를 봐요
뒷골목에서 나는 주근깨투성이 아이
페도라로 한껏 멋을 부리고
지나가는 신사의 빨간 보타이를 감쪽같이 빼앗아 맸지요
잠깐만요, 길바닥에 흘린 나 좀 데리고 올 테니 오 분만 아니
일 분이요

점잖은 척 얌전 빼는 어제의 아가씨는 이제 잊어버려요
우아하게 구부러진 지팡이를 꼭 잡고서
우리 탭댄스를 출까요?
깔깔깔 구두를 멈출 수가 없어요

조끼가 마음에 드나요?
신중하게 다림질한 정장 바지는 또 어때요, 마담
가스등 아래서 나는 들뜨고 있어요
당신의 페티코트와 나의 콧수염
망설임 가득한 오른발과 거침없는 왼손

매일 밤 집 밖을 나서며 수없이 나는 나를 발가벗겼답니다
내 허물이 무궁무궁해지는 것
그러니 챙에 드려진 베일을 벗고 내게 당신을 보여줘봐요

언제나 나는 바이ㄴ, 당신에게 굿바이
변화무쌍한 알몸으로 배웅해요
실크 장갑 속에 숨긴 걸 줘봐요
구부러지고 갈라진 손톱이면 어때요
보송보송한 우리의 솜털이 맞닿아 있어요
다른 숙녀가 오고 있는 게 안 보여요?
어서 나의 포켓치프를 뺏어봐요

그리마 같은 놈팽이들이 길거리에 우글대다니
다리만 잔뜩 늘어뜨린 꼴을 분지르고 말 거예요
장작개비 같은 그걸 하나씩 담뱃불로 지질 때
그 냄새는 우릴 앞으로 나아가게 만들어요
운명의 바퀴가 제 뜻대로 굴러가요
들큼한 포도주를 어서 들어요

난 바로 당신의 성숙한 콧수염숙녀랍니다
나의 마담, 마드모아젤

ㄴ 바이(bisexual): 양성애자.

슈슈

당산나무 아래에서 긴 머리칼의 여자애가 물었다
여우가 너에게 말을 걸었니?↰
대답하려고 입을 떼자 뜻밖에 슈슈가 튀어나왔다

슈슈, 슈-슈, 슈우슈, 슈, 슈, 슛슈……
슈슈는 슈슈일 뿐

여자애는 내 얼굴을 빤히 쳐다보다가
슈슈?

내 입술을 벌려 자신의 동그랗고 빨간 혀를 넣어주었다
슈슈!

말하지 않아도
나는 여자애를 알았다

긴 털의 여우가 있었어
새끼를 잃어버린 엄마였는데
지구를 돌고 돌아 여기까지 왔는데
이젠 누가 여우인 걸까

따뜻하고 축축한 혓바닥이 내 입을 돌아다니는 동안

슈슈는 복숭아 같고
슈슈는 뭉게구름 같고
슈슈와 슈슈 사이에 긴 여름

나는 여자애인데요
자랄 만큼 다 자랐는데요

우리는 입술을 뗐다
눈을 뜨니 여자애는 사라지고 없었다
혀끝에 아리고 떫은맛이 남아 침이 고였다
온몸이 떨리는데도 춥지 않았다

풀밭인지 개울가인지 모를 자리에 남아
여우가 준 사랑을 어찌할 수 없어서
언덕을 천천히 오르는 다른 여자애를
와락 사랑하고 싶어졌다

그 애에게 슈슈하러 간다
꼬리가 돋아날 것만 같아 입 안이 간지럽다

🌙 에이드리언 리치, 『문턱 너머 저편』.

단팥빵

잘 정돈되어 있는 죽음을 보았어
통조림과 단팥빵과 깜빡이다 꺼져버린 형광등

외로워서 먹다 보면 뚱뚱보 유령이 곁을 맴돌다가

폐렴에 걸려 죽은 게 혹시 나였는지 친구였는지
친구가 죽도록 싫어하는 게 단팥빵이었는지 곰보빵이었는지
오늘이 토요일인지 일요일인지 무슨 상관이겠어

남은 건 딱딱해진 빵 부스러기
눈이 시릴 정도로 환한 냉장고 불빛
유리창에 비친 투명한 하반신

먹보 유령이 팥 앙금만 골라내 뭉쳐놓았잖아
테이블에 쌓아놓으니 꼭 봉분 같아서

생활용품 코너에 칫솔 대신 바나나를 놓는다거나
종류별로 진열한 라면을 뒤섞어둔다거나
소프트아이스크림을 실온에 꺼내두고서

십 분이고 한 시간이고 그렇게 엎드려 있으면서 생각해

문 바깥에선 아까부터 개 한 마리가 느릿느릿 지나다니고
아무도 들어오지 않는걸
편의점 모든 것들이 문이 열리길 기다리는 것 같아

나는 빵을 조금씩 아껴 먹으며 부스럭거리는 소리를 들어

빵에 든 크림은 어째서 달콤하지 않을까 유리창에 찍힌 손자
국은 왜 사라지지 않는 걸까 친구가 마시고 남긴 우유는 아직까
지 온전할까

빵 조각을 아주 잘게 부스러트리면
알갱이들과 알갱이들 사이에 애정이 녹아들어
엄청 달콤할 거라 생각했는데

전자레인지가 띵! 신호를 내며 멈추자
흰 유령이 마구 부풀어 오른다

파프리카로 말하기

도마 위에 파프리카 하나가 놓여 있다
일요일이 건네준 파프리카
이상하게 커다란 파프리카
파프리카를 씹어 먹으며 파프리카 파프리카아프리카
자꾸자꾸 불렀다
뭉툭한 발가락이 사라질 때까지
새로운 뿔이 생겨날 때까지
이상하고 아름다운 털이 자라날 때까지 파프리카를 씹었다
달력에 표시한 오늘은 내가 세상에 태어난 날
축하해 축하해 나를 제대로 잊기로 하자
멀리 떠나 집으로 돌아오지 말자
엄마는 고장 난 냉장고 슬리퍼는 히스테릭한 강아지
아빠는 죽은 심장의 태엽 장치 아기의 혓바닥을 먹은 나는
눈알을 도려낸 천사
새롭다는 기분은 꼬리에 꼬리를 물고 이상한 작용을 만들어
폭주족 천사가 되어 영혼을 마구마구 더럽히자
파프리카는 어디서 태어나서 언제 죽어가는 것일까
저렇게 태연한 얼굴로 일요일들을 견딘 것일까
모래밭을 뒤적이다 얼굴을 든 저 개는 짖어본 적이 있을까
평원을 내달리는 치타를 본 적 없는 내가
달려나간다
천사의 기도가 입 밖으로 쏟아져 나온다

우리가 우리에게 죄를 지은 자를 사하여준 것같이 우리 죄를 사하여주시옵고 우리를 시험에 들게 하지 마시옵고 다만 파프리카를 구하시옵소서

침대는 가구가 아니다

오스카를 압니까? 제 동무입니다 그랬던 적이 있습니까? 지금은 없습니다 지금을 접었다 펼칩니다 그림을 그릴 수 있다면 좍악 펼쳐보고 싶습니다 그래야 사랑하는 마음을 알 것 같습니다 오스카가 내내 동무가 아니었는지 침대가 내내 동무였는지 알고 싶습니다 베개 없이 잠이 드는 오스카, 속눈썹이 긴 오스카, 뻐드렁니가 있고 다리를 저는 오스카, 내 짝꿍 오스카, 침대에 누워 라이터를 켰습니다 왼쪽 모서리가 그을린 침대, 북두칠성 같은 일곱 개의 구멍, 시트에 묻은 딸기맛 우유, 오스카는 이런 걸 좋아했습니다 끝없이 흐르는 나일강을 꿈꿨습니다 타고 내릴 때마다 삐걱거리는 침대, 리듬을 가진 침대, 돛단배 같은 침대 위에서 흔들렸습니다 그랬던 적이 있습니다 침대와 오스카와 내가 유유히 흘러가던 시절, 그때를 좍악 찢어 버리고 싶습니다 침대는 가구가 아닙니다 오스카는 침대가 아닙니다 침대는 천국이 아닙니다 친구가 아닙니다 침대는 그냥 침대일 뿐입니다 오스카가 오스카인 것처럼, 거기 놓였을 뿐입니다 오스카는 없습니다 침대는 없습니다 오스카의 목을 졸랐을 때 알았습니다 얼마나 쉽게 마음이 허물어지는지 목구멍 속으로 숨이 넘어가는 걸 보면서 알았습니다 오스카는 더는 오스카가 아니라는 사실을 말입니다 침대가 가구가 아닌 것처럼, 내가 사람이 아닌 것처럼 사실만 남았습니다 떠는 손가락이 남았습니다 삐걱삐걱 불규칙적인 소리와 움푹 꺼진 자국이 남았습니다 아무도 몰라보는 생물이 있습니다 이것은 침대입니까?

슈슈

그녀는 웃는다
웃는 일이 세상에서 제일 어려운 일인 듯
매일 웃는 연습을 한다

웃으며 밥을 먹다가 사레가 걸리고
양치질을 하다가 잇몸을 다친다

꼬리 같은 거 없어도 돼
그녀는 아홉 개의 꼬리 중 여덟 개를 잃었고
웃다가 남은 하나를 문틈에 끼여 잃는다

여우한테 못 웃는다고 혼났어
그때 용서하지 말걸
그녀는 멈추지 않는 통증을 잊으려고
더 크게 웃는다

슈 슈슈, 슈, 슈, 슈, 슈
웃음이 입술 사이를 비집고 나온다

그녀는 제일 그럴듯한 소리가 나올 때까지
크게 웃어보지만

슈…… 하고
바람이 목구멍에서 빠져나온다

슈슈는 어째서 슈슈를 흘릴까
슈슈를 꿀꺽 삼켜버릴 순 없을까

여우가 준 사랑은 오래전에 잊어버렸는데
꼬리는 이제 다 나눠주고 없는데

어째서인지 그녀에게선 예전처럼
헤헤하고 웃음이 나질 않으니
거울 앞에서 입을 벌려 바라본다

혓바닥에는
오돌오돌 돌기가 돋은 슈슈
무지개가 일렁이는 슈슈

슈슈는 달콤하고
슈슈는 부풀어 오르고
슈슈는 점점 뜨거워지고

웃음을 삼킨다
식도를 따라 흐른다
폐를 지나 심장으로 발끝으로
따뜻한 기운이 돌고 돌아 머리끝까지 번진다

더이상 입꼬리를 올리거나 내리지 않는

코코살롱

선인장이 죽었다
여주인은 잿빛 화분 앞에 홀로 앉아 있다
이로써 열 개가 넘는 선인장이
모두 여주인을 배반했다

여주인은 울고 싶은 걸 억누르며
선인장을 탁자에 세워놓고
하나씩 바닥으로 떨어트리면서
밑둥과 줄기를 잘라내면서

말라붙은 뿌리는 굶주린 쥐 떼와 같고
오늘은 뼈가 타버리고 남은 재와 같고

쌓아놓은 역사책과 계발선인장의 공통점
무미건조한 고향에 잘못 도착했다는 것

응접실을 공동묘지로 변모시킨
여주인은 손톱을 부러 떼어낸 후에야
손님들을 초대했다

코코 취향이야 뻔하지 않겠어?
코코 기분대로 얼마나 오래가겠어?

손님들은 여주인의 얼굴을 살피며 수군댔다
여주인이 과도에 찔리는 순간을 기다리면서
여주인이 어서 목매달기를 기다리면서
여주인이 혼자되기를 바라면서

언제나 혼자였고
오늘도 여전히 혼자이고
선인장은 그것을 증명하기 위해 죽은 것이니
아무도 슬퍼하지 말 것

여주인은
셀럽다운 면모를 위해
검은 옷을 입고
입을 다물고
세계 곳곳에서 죽은 선인장을 들여왔다

키 큰 놈 뚱뚱한 놈 약이 오른 놈 앙증맞은 놈 이상한 놈 등등

응접실을 채우자
그놈이 그놈인 손님들이 행렬을 이뤄 관람했다

코코의 코 위에 난 점이 살아 있는 것 같지 않았어?
코코가 실은 코코가 아니라 코끼리 같지 않았어?

삼삼오오 모여 커피만 마시다가
내내 수다만 떨다가
후끈 달아오르는 공기 속에 점차 시들어가는 건
여주인이 아니라 손님들이었다

모두 죽을 때를 알고 있더구나
중얼거리는 여주인은
바닥에 널브러진 인간 선인장을 치우지 않았다

이것은 코코의 마지막 컬렉션이었다

볼링을 칩시다

바닥으로 기우는 몸집을 좋아합니다 재미있는 일이 더는 벌어지지 않아요 나는 코끼리에게 갑니다 뭉툭한 손가락을 놀려요 우뚝 선 핀들을 향해 스트라이크 더블 스트라이크 그게 마지막 소임인 양 열심히 넘어지면서 스텝을 밟아요

던진 볼의 무게만큼 엉뚱함이 불어나요 여길 오기 전 무얼했었는지 좀 전의 내가 콜라를 쏟아버렸는지 의미 없어요 전광판에는 무늬들이 깜빡입니다 과연 내가 몇 번이나 실패했을까요 발밑에서 코끼리의 아우라를 봅니다 뜻밖에도 내 그림자가 튀어나와 거침없이 앞으로 갑니다

밀림의 한복판에 선 기분, 이대로 너는 초록색 코끼리, 성난 코끼리, 그럼 나는? 레인 위에 올라 쿵쾅쿵쾅 장단을 맞춰요 유연한 귀를 잡아당겨요 움츠러든 코를 쭉 빼기 오늘을 반성하지 말기 그리고 나를 벌레쯤으로 여기는 무리에게 돌진

내 앞을 가로막는 핀들을 차례대로 쳐내고 또 쳐냅니다 늘어나는 편견의 울타리를 부숴요 질질 끌리는 신과 함께 갑니다 미끄러지는 동안 가시덩굴처럼 달라붙는 이들의 얼굴을 무시해요 단단해진 덩치를 앞세우고 끝까지 나아가요 초원의 냄새가 바싹 따라붙습니다

간장의 대활약

공장장을 만나러 가기 전에 만두를 먹자 배부르게 언니처럼
한 입 두 입 만두 속을 파헤치면 언니가 선다 간장을 휘저으면
언니가 앉는다 의자를 빼면 언니가 웃는다 언니는 없어 만두를
먹는 언니는 어디에도 없어 간장을 찍어 먹었다

만두 하나 간장 하나 언니 하나 차례차례 사라지는 단무지와
만두 여기 어묵 국물 좀 더 주세요 도대체 공장은 어디에 있나요

더 빠르게 먹었다 쉬지 않고 말했다 간장은 그릇 안에서 출
렁였다 식당이 아니라 기차 안에서 먹는 거지 칙칙 거리는 밥통
소리는 기차가 내달리는 소리 간장과 만두와 의자가 일어나는
소리

간장공장공장장은간공장장이고된장공장공장장은장공장장
이다내가그린기린그림은긴기린그림이고네가그린기린그림은
안긴기린그림이다

간장을 결국 엎질렀다 왼쪽으로 길을 만들어가는 간장 내가
엎지른 건 언니일까 간장일까 똑똑 바닥을 향해 떨어지는 간장
속에 언니가 보인다 언니가 문을 연다

씨간장에 간장을 넣고 끓이고 또 넣고 끓이면 새로운 간장이

된대 옛날에 언니는 내게 그렇게 말했다 그럼 언니도 옛날의 언니를 넣고 끓이고 넣고 끓여 새로운 언니로 태어나면

공장장은공장장이아니고기린그림은기린그림이아니고우리언니는옛날언니가아니고

공장장이 바닥을 닦았다 걸레가 물들었다 간장 냄새 걸레 냄새 언니 냄새 테이블 아래서 언니가 날 잡아당기는 걸까 애정이란 뭘까 폐쇄된 공장에 새로운 활기가 돌까 언니는 공장장을 따라간다 문이 닫힌다 만두를 먹자 트림이 나온다 아아 간장이 나를 엎지른다

소모임

흙먼지의 세상 속에서 우리는 만났습니다
　백합과 고모라, 요코와 불도저 그리고 추장의 딸 우리는 맹
세했어요

지금부터 머리카락을 기르지 말자
올 블랙 코디로 모두 맞춰 입는 거야
오직 사랑에 대해서만 말해

백합이 말합니다
　여자는 여자를 사랑할 수밖에 없지 않을까. 백합 만화를 성
경으로 만들면 어떨 것 같아? 어쨌든 판타지끼리 잘 통할 것 같
잖아.
　고모라는 입술을 뜯고 있습니다
　그래 성경에서 말하는 게 바로 사랑이지 뭐, 난 세상의 고모
라를 사랑해. 어디로든 가고 싶어.
　요코는 책장을 넘겼습니다
　고모라 씨는 『100만 번 산 고양이』 동화를 백만 번 읽어야 해
요. 헤프게 사랑하면 안 된다구요. 물론 나도 백만 번 죽었다 일
어나도 여자이고 싶어요.
　추장의 딸은 물을 벌컥 마십니다
　사랑을 모르는 작자는 용서할 수 없어. 폭력을 일삼는 것들

과 맞서 싸울 거다.

　그러자 불도저가 뒤통수를 갈깁니다
　이것아, 전생이 뭔 상관이냐. 지금 이생도 개판인데……. 차라
리 세상에서 우리 흔적을 찾아 없애자.

　이것이 우리의 또 다른 맹세였습니다
　사랑 없는 도시에서 우리는 떠나야 한다
　우리는 사랑의 형상을 찾아내야 한다

　그때 요코가 손을 들고 질문합니다
　그럼 소모임 이름은요?
　고모라는 주먹을 들어 올리며
　바로 이거!
　웃음이 터져 나옵니다
　우리는 우리를 포기하기 위해 모이게 되었으니 포기 어때?
　백합이 묻습니다
　추장의 딸이 미처 대답도 하기 전에
　불도저는 쾅! 쾅! 테이블을 두드립니다

　우리 다섯은 단단한 연필심이다
　우리 다섯은 최고급 꽃등심이다

우리 다섯은 변절한 애국심이다
우리는 꽃보다 예쁜 고두심이고
그러니까
우리 초콜릿으로 입가심이나 하자

토요일 오후 2시 덤프트럭이 일으키는 먼지 속에서 우린 다시 만났습니다
　형체 없는 우정을 봅니다 윤곽 없는 들판을 봅니다 시시했던 우리가 어떻게 모일 수 있는지 자연의 대법칙을 이해한다면 알 수 있을 겁니다 좀벌레가 서랍 속에서 출생증명서를 갉아 먹습니다

철이는 수학을 배우지 않는다

　　더하기를 못합니다 빼기를 좋아합니다 핫도그처럼 숙제를
먹어치웁니다 두 손에는 남은 것이 없습니다 너도 1처럼 혼자
이길 원했습니다 철이도 그러합니다 영희도 그러했습니다 민지
도 그러할 것입니다 우리는 약속했습니다 곱하기를 배우지 않
겠다 나누기를 모를 테다 선생은 우리를 더하고 곱하고 등호를
달았습니다 정답을 모릅니다 알 수 없습니다 정답이란 개념에
케첩을 뿌리는 거야 세계란 설탕에 버무린 미지수야 숫자는 이
해를 바라지 않기 때문에 재미있습니다 선생은 들어오지 않습
니다 지구는 점점 중심을 잃고 있습니다 물고기가 떼죽음을 당
합니다 비행기가 떨어집니다 배가 침몰합니다 눈만 커다란 아
이가 울고 있습니다 함정입니다 완벽한 공식대로 바뀌는 세계
를 이끌고 갑니다 그러나 나는 자주 넘어집니다 철이는 밥을 흘
릴 때가 있습니다 영희는 알 수 없는 말을 중얼거립니다 민지가
있고 도롱뇽이 있고 은사시나무가 거기 있습니다 있을 뿐 할 일
이 무엇인지 모르겠습니다 운다는 것이 나쁜 일이 아니었으면
합니다 수학책에 슬픔을 껴둡니다 친구들에게 잠깐씩 보여줍니
다 우주가 보인다고 철이는 말했습니다 씁쓸한 맛일 거라고 민
지는 말했습니다 백지 속에서 설탕 알갱이보다 작은 세계가 점
을 잇고 이어 무한을 만들어가기

캠페인

귀리가 화분에서 올라오듯
삐죽 솟은 털
순하고 고집 있는 반사 작용

이게 바로 신호입니다
어떤 소동 없이 광장으로 모이기
중성자이거나 고양이이거나
내부 분열을 일으킨 학자들

텔레파시로 우리는 서로를 눈치챕니다

하품하는 돌연변이와 귀를 쫑긋대는 나뭇잎 사이에서

콧수염은 품격의 일종으로 연회장에서 마신 샴페인을 닦기
위해 길러야 한다고 강력하게 생각합니다

선량하고 서늘한 공기가 인도하는 세계로
시시콜콜잔뜩콧수염을 내밀고 겨울로 나아갑시다

공중으로 퐁퐁 터지는 비눗방울 콧수염
자유 연상 놀이에 빠진 알파파 콧수염
무지개 콧수염과 콧수염 고양이와 모두모두콧수염

유리잔 속에서 발이 달린 금붕어가 튀어나와도 품위를 유지하기 우리와 다르지 않습니다 겁나지 않습니다 당신의 얼굴에서 콧수염이 달아나도 놀라지 마세요 새로운 종이 태어나는 시기입니다

나는 네모다

소파에 앉아 리모컨을 눌렀다
텔레비전이 거꾸로 자세를 잡더니 마름모가 되었다
화면 속엔 반듯했던 종이가 접어지고 있었다
네모 속에 네모 속에 네모 없는 네모
전원을 꺼도 그대로인 네모

무료한 담요 속에서 심장을 꺼내 접었다
슬리퍼를 입에 물고 청개구리가 되었다
액자 속에 넣으니 볼만했다
귀퉁이를 조각조각 이어 붙인 얼굴들

액자를 모조리 떼어내니 하얀 자국들이 가득했다
환히 웃다가, 눈을 흡뜬, 찡그린 네모들이
다닥다닥 붙어 웅성댔다
나는 말야, 얼음 같은 나는 말야

네모 네모 네모다
거울 속의 반지르르한 네모다
뿔난 모서리로 다 넘어트리는 네모라구
여기저기서 툭툭 튀어나와 가로막는 사각의 링
부려져도 상관없어
시끄러워져도 대책 없어

나는 선수라구,
글러브를 낀 네모라구,
탄탄한 근육질의 주먹은 허공을 향해 어퍼컷을 날렸다

최선을 다해 미소 지었지만 무표정인 얼굴
아무리 바로 해도 삐딱해지는 매트의 본질과 같았다
구겨버려도 구겨지지 않는 수건의 본질과 같았다

블라인드가 아무 특징 없는 주름을 만드는 동안
나는 다 접었다

네모는 거북이야 네모는 튤립이야 네모는 무궁무진해
손에 쥔 네모는 색종이로 출발하지
그러니까 자신만만해도 돼
초침을 서서히 가도록 만들어놓고 똑바로 섰다

그러다 갑자기 초인종이 울려 우우우 무너져 내려도
괜찮아 괜찮아 아직이라서 괜찮아
네모는 다시 일어설 수 있는 의자를 갖고 있어서
나는 울지 않았다

네코맘마

루는 서랍의 크기만큼만 자라기로 했어요
루가 철저히 질량을 잃기로 마음먹은 날부터

종일 의자에 앉아 있으니 뭐가 되긴 될 테지
엄마는 가끔 방문을 열고 중얼거려요

고양이가 의자라는 걸 눈치채지 못하고
배는 안 고프냐 고양이가 오늘 집에 들어왔단다
엄마는 고양이의 턱을 쓰다듬어요

루는 발 하나를 떼어 서랍 속에 넣었어요
몸이 침대 쪽으로 기우뚱 기울어져서 더는 앉을 수 없어요

무릎 담요에 잘 숨겨둔 고양이한테서 가시가 솟아났는데
똑똑 부러트려버렸어요

루는 배고프지 않아 배고프지 않아 아니 배가 고파

고양이의 피 묻은 주둥아리를 빤히 쳐다봤어요

루는 삐그덕 삐그덕 움직여요

삐져나오는 본능을 숨길 수 없어요
서랍 안이 너무 좁아 들어갈 수 없어요
엄마의 관심을 견딜 수가 없어요

루는 뭐든 될 수 있었는데
루는 최고의 덕목이 인내심으로 알고 있었는데

의자는 네 개의 다리를 잃고 바닥에 주저앉아요
고양이 울음소리가 끊이질 않아요

루는 엄마의 머리에 박힌 나무다리를 뽑아내요
사방으로 튄 붉은 방울이 흰 벽지에 무늬를 만들어요
루는 그림을 잘 그리는 아이였으니까요
루는 엄마의 말을 잘 듣는 아이였으니까요

죽기 전과 후에 질량은 달라지는 법이 없으니까요

식탁 위에는 아직도 온기를 품은 가다랑어 밥이 있어요
고양이가 밥을 먹기 시작해요

루는 네 개의 발을 바닥에 내려놓고 굳어갑니다

🌙 네코맘마: 일명 고양이밥. 하얀 쌀밥 위에 가다랑어 포를 얹어 간장을 조금 뿌려 먹는 밥.

온다의 결말

누구에게나 열린 자세로 임했기에
누구나 온다를 좋아했다

온다를 시시콜콜 부르고
밤낮으로 이용했다

온다와 함께 식당에 갔다
호텔에 갔다

온다는 왼쪽에서는
웃다가
기울이면 걷다가
침을 꾸욱 삼키면 운다였다

틈만 나면 온다는 기억을 잃었기에
누구나 모르는 사람이었다

그리하여
온다에게 계단을 오르는 여주인공은
스쳐 지나가는 엑스트라와 같았다

잠을 자고 일어나면

온다는 전혀 새로운 인물을 마주했고

주인공이 아니었지만
대사 없는 오늘을 마음에 들어 했다

온다는 열심히 살다를 연기했다
죽다가 목구멍에서 기어 나와
얼굴을 일그러뜨렸지만
포커페이스 할 줄 알았다

마음의 분량이 미니시리즈로 늘어갔고
끝까지 결말을 예측할 수가 없어도
견딜 수 있었다

온다에게는

이 세계가
전원을 누르면 한꺼번에 암전이 되는 브라운관과
다를 바 없었기 때문이다

암튼

눈을 감아봐요
녹슨 울타리 냄새를 맡으며
고양이를 꽉 끌어안아요

변두리에 오래도록 서 있고 싶었는데
곁에 머문다는 일이 이토록 어려운 것이군요

너는 신이 아니니까요
베를린에 가본 적이 없으니까요
시를 쓰고야 말았으니까요

암튼 이란 간판을 찾고 있어요
분명 언젠가 지나는 길에 본 적이 있었는데

너와 내가 팔찌를 서로 나눈 곳
예배당 가는 길에 들른 미용실 아니면 오래된 세탁소

베를린에서 도쿄에서 아니면 장례식장에서 찾게 될지도 몰
라요 머릿속에 정답처럼 떠오른 너를 두고 걸어가요

암튼 그런 곳이 한둘이었겠어요
암튼 그런 사람들이 한둘이겠어요

암튼 그런 시간이 다들 있었겠지요

절대 뒤돌아가선 안 돼요
선택한 길은 그냥 가기로 약속했으니까요

편지에서 끝내 네가 죽은 이유를 알아낼 수 없었던 건
신이 내게 준 배려 같은 거라더군요

희망이란 간판이 걸려 있을 줄 알았지만
어디에서도
언제나
찾을 수 없었습니다

카이저에 대한 짧은 소견

그것은

밤에 더 빨리 자라난다고

여름에 더 쉼 없이 자라난다고

사랑을 주는 사람에게 더 무섭게 자라난다고 했다

카이저 빌헬름 2세가 처음 했고
스탈린도 했고, 살바도르 달리도 했고, 김좌진도 했다

양쪽 끝이 새우등처럼 말려 올라간 수염을 나도 했다

웃음이 콧수염에 미치는 영향을 발견한 박사가
내게 물었다

요즘 콧수염의 근황은 어떻습니까?
전쟁을 멈추는 데 이만한 것도 없지 않겠습니까?

콧수염이 난 인간 때문에 세계는 곤두박질쳤지만
이제는 콧수염이 가득한 세계에 평화가 깃들었나이다

반대편에서 여십시오

다 마신 우유갑을 밟아 터트린다
펑 하고 터진 게 까마귀인지 언니의 가방인지

도덕 책에 실린 우정이란 너무 순해 보였어

누구나 다 친한 언니가 될 수도 있고
누구에게나 이쁜 동생일 수도 있는 거

정작 난 우정의 입구를 찾아 헤매다
유통기한이 한참 지나버렸는데
아무 데나 열고 들어가서 외톨이가 되었는데

반대편에서 여십시오

착해빠진 아이를 위해 반대말을 숨겨놓고서
우유를 얼마나 좋아하는지에 대해
언니를 얼마나 사랑하는지에 대해
곱씹을수록 아니란 걸 깨달았어

그러니까 착한나랑착하지않은언니랑누구랑누구랑 시합해
보자

내가 두 발로 있는 힘껏 짓밟는 동안
언니가 바닥에 세게 내동댕이치는 동안
우유 폭풍 속 가지런한 이빨들

뭉게뭉게 피어나는 연기 속에서 흰 정령들을 봤어?
그럼 아직 착한 아이구나
어서 죽어버려

쇼윈도는 부서지고 유리병이 날아다니는 패싸움의 거리에
서는
브로콜리 같은 머리가 제일 착한 알맹이일 텐데

설마 나 말야?
아니 언니 말고

유통기한이 없는 우유를 벌컥벌컥 마신다

꼭 끝까지 살아남아서 반전을 꾀하는
못된 계집애

나 말야?
응, 언니 너 말야

그런데 죽고 죽이는 것이 이 세계에선 흔한 일이니
진짜착한누구가 자동차에 치여도 쌩하고 가버리면 그만이니

부패한 몸이 빵빵하게 부풀어 오른다
우유 정령의 오른발은 아직 공중에 머물러 있다

식물원

제니와 손을 잡는다 언덕 끝에는 온실이 있다 온실 속에는
바오밥나무가 있다 본 적 없는 나무를 향해 가는 우리가 있다
땀이 나도 제니를 놓지 않는다 다람쥐 같은 제니, 제니는 꽃님
이의 언니, 꽃님이는 열매의 언니, 열매는 잔디의 언니, 잔디는
나의 언니, 꼬리에 꼬리를 무는

언니야 이리 와서 여기 좀 봐 바오밥나무는 너무 커다랗기만
해서 괴물 같잖아 신이 실수로 만들었다는 나무, 뿌리를 머리에
매달고 선 나무를 베어줄까 잔디에 누우면 혐오의 시선을 안 보
게 될 테니까 기둥선인장을 지나 유칼립투스를 지나 도끼를 찾
는다 들국화 정원에 간다 아니 아프리카 관에 간다

머리 위 폭력은 시도 때도 없다 벌에게는 쉼이 없다 제니에
게는 언니가 없다 나에게는 사랑이 없다 서로가 서로에게 뿌리
가 되어주자고 약속한다 땀과 소문에 지친 우리는 선인장처럼
가시를 만든다 바오밥나무에는 파인 구멍이 있다 그 속에 우리
는 눕는다 옛날에는 여기에 시체를 두고서 명복을 빌었다 그러
나 우리는 빌지 않는다

꽃은 잔디 틈에서 자라나 이파리를 벌린다 제니는 열매를 맺
고 잔디는 마구 영역을 넓혀간다 돔의 천장을 깨부수고야 만다
우린 실수로 태어난 게 아니라서 뿌리를 가질 수 있다 그런 의

지가 어깨 팔다리를 갖추고 가지를 키운다 손과 손이 불쑥 튀어
나온다 식물원 가득한 언니들이 마주 잡는다

끼릴이라 불린 것들

새벽빛이 멈춰 선다. 제일 먼저 만난 그 빛을 끼릴이라 불러 줘야지. 뜨겁지도 차갑지도 않은 게 마음에 들어. 없는 것을 꽉 쥐자 달아오른다. 어제까지 나는 죽은 여름. 깡통이 내리막을 돌 돌돌 굴러간다.

깡통 속에서 끼릴이 노래를 불러. 나의 친구. 나의 짐승. 지옥 같은 여름을 만들자. 아무 데서나 수박과 토마토. 밟으면 으깨지 는 것을 끼릴이라 여기자. 깡통과 목숨과 애정 이런 걸 한데 뭉 쳐 던져볼 거야.

이건 끼릴이고, 저건 울음이 아니고. 끼릴은 친구이고, 어쩌 다 친구가 아니고. 이건 돌멩이, 이건 발톱, 이건 죽음, 저건 물뱀 일까. 위로해줄 이 없다는 건 슬프고 웃기는 일. 오래된 구덩이 를 발견하는 일.

끼릴을 좋아해, 아니 싫어해. 잔잔한 강물이 술렁인다. 삐뚤 빼뚤 둑 위를 걷는다. 어느 것도 끼릴이 아닌데 끼릴이라 우기 면서. 끼릴이 내게 준 거라 여기면서. 강물에 풀쩍 뛰어내린다. 끼릴은 사실 들꽃인지 쓰레기인지 모를, 악마일지 친구일지 모 를, 혼란 속에 우리

끼릴이 읊조리는 소리를 듣는다. 이리 와봐, 이리 와서 너도

한번 죽어봐. 강바닥에서 손짓하는 물풀이 끼릴이어서 좋고. 하나, 둘, 셋, 울음을 세는 저어새가 끼릴이라서 좋고. 아무리 둘러봐도 나 혼자뿐이라서 좋다. 끼릴아 끼릴아, 물거품이 마구 생긴다.

지갑 두고 나왔다

엄마를 두고 나왔다
집에서 한참을 멀어진 후에야 깨달았다
손안에 들어 있어야 할 엄마 손이 보이질 않았다

봄이 온 것 같았는데 꽃이 보이질 않았고
비가 온 것 같았는데 물웅덩이가 고이질 않았다
전봇대와 전봇대 사이를 최대한 느리게 걸으며
엄마와 화분은 얼마나 다른가 하고 생각했다

소파에서 식탁으로 침대로 화장실로 화분을 자꾸 옮겨놓았다
시들어버린 엄마를 어떻게든 회복하려고 했지만 화분은 죽
고 말았다

엄마, 나도 엄마야
엄마가 하기 싫은 엄마야
벤치 같은 데다 흘려놓고 깜빡한 우산처럼 시시해져버린

집으로 발길을 돌리지 않았다
지갑 속에 넣는 걸 깜빡한 동전들이 가방 속에서 짤랑댔다
걸을 때마다 엄마, 엄마 부르는 것 같아
목이 자꾸 말랐다

세탁소에 걸린 셔츠 사이에서 엄마 원피스를 보았다
슈퍼마켓 앞에서 식료품을 고르는 파마머리 엄마를 보았다
철물점에서 모종삽과 퇴비를 사는 엄마 손가락을 보았다

그러나 가방 속을 아무리 뒤져도 보이질 않았다
생수 한 병을 사는 나는, 결코 엄마가 아닌 나는

어, 지갑 두고 나왔다
계산대 옆에서 훌쩍 자라난 딸이 빤히 올려다보고 있었다
지금 엄마는 어디에 가 있는 거야?

정답은 개구리

너는 쓸모없는 알에서 태어났단다
이렇게 말한 아빠는 죽어버렸다
엄마는 더는 이야기할 게 없다는 듯
입을 다물어버렸다

겨울잠을 자는 생물에는 곰도 있고 다람쥐도 있고 무당벌레
도 있지만 인간은 없다고 들었습니다

겨울잠의 원인은 모른다고 들었습니다

그러고 보니 잠이야말로 최고의 쓸모없는 일이지 않습니까 도
대체 쓸모 있어 보이는 것이 무언지 몰라서 나는 잠에 빠집니다

눈송이가 산발적으로 흩어지다 바닥에 투신합니다
목련이 꽃눈을 일찍 만들어놓고 겨울과 맞서 싸웁니다
나는 잠 밖으로 나가지 않고 있습니다

너는 증오로 가득한 가방을 메고 있지 않습니까?
눈을 감았다 뜨기 시작했습니까?
엄마는 나와 함께 왜 죽어버리지 않습니까?

얼어 죽은 개구리의 입을 벌리고 물어보았다

그러자 저 너머에서 소리가 들려왔다

너

는

왜

살

아

났

습

니

까

?

태어난 목적은 어떻게 죽을 것인지를 답하기 위해서입니다

죽었다 깨어나니 나는 환생이란 것을 하였다

개구리 녹색 개구리 곧 태어날 개구리
수백 개의 알 중에서

까마귀 사귀기

바람이 몹시 불기 시작합니다
전봇대에 앉아 있던 것이 훅 날아왔습니다

안녕하세요
까마귀에게서 그녀를 꺼냈습니다

부디
친구가 되어주세요

잠시 후 그녀는 끄덕입니다

고기 냄새가 나요
끄덕

우리 함께 고기를 먹어요

그녀는 흡족해하지 않습니다
고기는 질겅질겅 입 안에서 맴돌기만 합니다

맛이 없어요

나는 그 말을 잘 이해 못합니다

얼마나 많은 고기를 먹어야 맛을 이해할까요
친구가 되는 걸까요

맛이 있나요?
그녀는 말없이 끄덕입니다

비둘기는 닭과 같은 맛
개는 인간과 같은 맛
까마귀는 나와 같은 맛

그녀는 오래도록 고기를 씹다가 뱉습니다
우리는 이처럼 곤죽이 됐나요?

길 건너로 간 그녀는 돌아오지 않습니다

고기의 신, 사랑의 고기, 오늘의 행복, 고깃집 간판을 읽어갑
니다 친구와 돼지, 소와 애인, 돼지 우리, 간판 아래 모두 웃고
있습니다 행복과 사랑과 신이 불판에 익어가는 동안
나는 혼자가 되었습니다

까마귀 한 무리가 전깃줄에 내려앉았습니다
고기 익어가는 냄새가 역겨워집니다

두부에게 말할 수 없는

어젯밤 한 여자는 죽기로 했었는데
두부 한 모 때문에 철학자가 되었는데
그만 두부를 뭉개버리고 말았단다

철저하게 으깨진 두부의 형태를 연구합니다

두부는 어제 맞아 죽은 이웃집 개를 닮았습니다
곤죽이 되어버린 얼굴은 더이상 얼굴일 수가 없습니다
개는 사라지고 없습니다

철학자는 두부를 오래 두고 바라보다가 미안해합니다 이후
미안함은 쿵쿵대며 바싹 뒤를 따라옵니다

죽거나 살거나 하는 문제는 잘 모르겠습니다
가해자는 주먹질을 했을 뿐이고
피해자는 그저 억울했을 뿐입니다

길을 걷다 눈이 마주쳤을 뿐입니다

말랑거리는 두부야
세상에서 제일 평화로운 두부야
오늘도 뉴스에서는 맞아 죽은 자에 대해 이야기하고 있단다

미안합니다

하고 내민 마음엔 아무것도 남아 있지 않습니다

　두부가 그저 먹기 싫고 사랑은 잘 모르는 부분이고 두부가 하얀 것이 더더욱 맘에 들지 않고 주저앉아 있는 개가 싫어서 두부를 짓눌러 뭉개버리고 만다면

　용서하세요

　낯모르는 얼굴을 어루만집니다 차갑고 슬픈 마음을 보았습니다 그러나 두부의 반대말은 찾지 못하겠고 평화는 어디에서든 오지 않습니다

　오늘이 두부 같아서 두부가 개 같아서 개가 자신 같아서 질문을 물고 늘어지는 철학자는 만두를 빚어놓습니다

수박이 아닌 것들에게

여름이 아닌 것들을 좋아한다 그러니까 얼어붙은 강, 누군가와 마주 잡은 손의 온기, 창문을 꼭꼭 닫아놓고서 누운 밤, 쟁반 가득 쌓인 귤껍질들이 말라가는 것을 좋아한다

여름은 창을 열고 나를 눅눅하게 만들기를 좋아한다 물이끼처럼 자꾸 방 안에 자라는 냄새들이, 귤 알갱이처럼 똑똑 씹히는 말들이 혓바닥에서 미끄러진다 곰이 그 위에 누워 있다

동물원 우리에 갇힌 곰이, 수박을 우걱우걱 먹어치우던 곰이 나를 쳐다본다 곰에게서 침 범벅의 수박 물이 떨어진다 여기가 동물원이 아니라 내 방이라는 것을 알아갈 때쯤, 나는 혼자 남아 8월을 벗어난다

그러니까 수박이 아닌 것들을 좋아한다 차가운 방바닥에 눕는 것을 좋아한다 피가 나도록 긁는 것을 좋아한다 좋아하는 것들이 땀띠처럼 늘어난다 그러니까 나는 이 여름을 죽도록 좋아한다

햇빛이 끈질기게 커튼 틈 사이를 비집고 들어온다 잎사귀의 뒷면과 그늘 사이를 벌려놓는다 먹다 남긴 수박 껍질에 초파리가 꼬인다 나는 손을 휘휘 저으며 그림자를 내쫓는 중이다 쌓인 빨래 더미 위에, 식은 밥그릇 위에 고요가 내려앉는다

그러나 의지와 상관없이 종아리에 털들이 자라나는 걸, 머리카락이 뺨에 들러붙는 걸, 화분의 상추들이 맹렬하게 죽어가는 걸 여름은 내내 지켜보고 있다 좋아한다 좋아한다 쏟아지는 말을 주워 담을 수가 없다

기상 관측소

침을 묻힌 손가락을 들어 내일의 날씨를 예측했습니다
아주 오래전부터 그건 나의 방식이었습니다

수호자는 한 번도 나를 아낀 적 없습니다
폭설이 시작되면 빙하기가 올 거라구요

구름이 모여드는 걸 봤습니다
관측 이래 최대의 우박을 기다리는 군중들

내내 하늘이 무너질 순간을 기다렸어요

용서를 구하지 않겠습니다
어서 멸망하기를 간절히 바라면서 두 손을 모았습니다

나는 여태껏 다락방이나 화장실에 숨어 있기를 좋아했습니다
자해를 하였습니다
자위를 하였습니다
쾌락을 맛보지 못하였습니다

눈송이 같은 벌레들이 혀에 닿으면 온통 끈적거리겠죠?
번개 맞은 나무들이 불타오르면 아름답겠죠?

조만간 여진이 시작된다면 우리는 낭떠러지를 맛볼 수 있을 거예요

언젠가 선생이 출석부를 들고 이름을 불렀었는데
영철, 지은, 우주, 하진, 미래, 보영……
나만 호명되지 않았습니다

수호자가 여전히 나를 호명하지 않을까 두렵습니다

호명된 아이들은 제각각 맘에 드는 색을 골라
거대한 멸망의 지도를 만들었습니다
나는 보기만 했습니다

우박은 끝내 오지 않았습니다

라디오에선 늘 날씨가 틀려요
그러니 내가 예측하는 것들을 기록해야겠습니다

내일 아침이면 갈라진 땅 아래로 와르르르 무너져 내릴 것입니다

꼭꼭 닫은 화장실에서 마지막을 잘 지키겠습니다

발문

전격 톰보이 작전

박상수

1.

연희야, 나는 지금 인연과 우정의 신비로움에 대해 생각해. 우리가 함께 시 공부를 하면서 장난처럼 주고받았던 말. "너 등단하면 첫 시집 해설 내가 쓰게 허락해 줘야 해!", "그럼요, 선배!"라는 말이 이렇게 실현되었으니까 말야. 우리 둘 다 '뽀시래기' 시절이었으니까 서로를 위해 기쁘게 주고받은 응원들이라고만 말할 수는 없는 것이 혹시나 내가 다른 누군가에게 그런 말을 한 적이 있었나 되짚어본 적이 있었는데 잘 떠오르지가 않았거든. 아무리 친한 사이라도 내가 뭐라고 그런 말을 쉽게 하겠어. 말한다고 그대로 이루어질 리도 없고. 너에게 했던 말은 내가 좋아하는 누군가의 성취를 기원하는 오랜 기도처럼 선명한 인상으로 남아 있어.

너를 떠올리면 이상하게도 그 커다란 눈으로 귀를 쫑긋 세우고 뭔가에 열중하는 모습이 제일 먼저 그려져. 그러다가 누군가 네 이름을 부르면 "네!"하고 고개를 돌려 환하게 웃는 모습까지. 방심하고 있었을 때조차 열심과 선의로 가득 찬 그 태도에 저절로 기분이 좋아질 수밖에 없었지. 사실 네가 석사과정으로 입학해서 같이 공부하게 되었을 때, 좀 놀랐어. 대체로 문학을 공부하는 사람들, 특히 시를 공부하는 우리들은 뭘 하든 자신의 리듬에 맞춰 느슨하게, 작은 목소리로, 조금은 뒤로 빠져서 관망할 때가 많잖니. 낯을 가리는 것은 예사고 앞에 나서기보다는 뒤에서 잔잔하게 누군가를 밀어주는 편이고. 하지만 너는 그게 뭐든 의욕을 활활, 말 그대로 정말 활활(!) 불태우는 쪽이어서 나로서는 어디서 이렇게 투명하고 씩씩한 사람이 왔을까, 신기하고 반가울 때가 많았지.

'정말 열심히 해보고 싶어요'라는 네 눈빛이 감춰지지가 않았다는 것, 너도 알고 있었니? 마음 통하는 사람들끼리 스터디를 시작해볼까, 누군가 말을 꺼내면 제일 먼저 손드는 사람이 너였어. 발제를 한 번 더 해야 하는데……, 말이 나오면 빼는 법도 없이 제가 할게요, 손 드는 사람도 바로 너였고. 믿을 만한 사람은 늘 너였으니까 학부생들과 함께 세미나를 할 때에도, M.T를 위해 우이동에 장소를 물색하러 다닐 때도 늘 너에게 도움을 청하고는 했어. 그때마다 한 번도 뒤로 빼지 않고 응해주어서 고마웠던 마음. 그때 너에게 그런 말을 전한 적이 있었니? 혹시나 내가 까먹거나 놓쳤다면, 지금이라도 받아줄 수 있을까. 고마웠어. 참 고마웠어.

2.

얼마 전에 지금은 휴면 상태가 된 다음 카페에 들어가본 적이 있었어. 우리가 같이 활동했던 시 공부 카페 있잖니. 올려졌던 많은 사진들은 지워지거나 유실되고 초기 사진들만 남아 있더라. 네가 노래방 마이크를 쥐고 신나게 웃고 있는 모습이랑, 엠티 때 웃음기를 빼지 못한 채로 작품집을 들고 뭔가를 쑥스럽게 낭독하고 있는 모습. 또 어떤 사진에서는 너랑 내가 밭두렁 위에 선 채로 프레임 바깥의 동료들에게 아이스바를 나눠주는 사진도 있었지. 바닥에 놓인 물조리개의 파란색과 이제 막 약동하는, 아직은 겨울의 흔적이 더 많이 남아 있던 4월의 양평. 그때도 해결되지 않는 고민들은 분명 있었겠지만 그 뒤에 어떤 나날들이 펼쳐질지 모른 채 다들 젊었고 지금보다 조금은 말랐고. 그렇다고 마냥 그립다는 건 아니지. 다시 어떻게 그 긴, 미래에 대한 기약 없는 시간을 또 살아낼 수 있겠어.

2007년 2월을 마지막으로 결국 그 공간도 흐릿해졌어. 카페 마지막 글 주인공도 너였지. 네가 오래전부터 써오던 아이디 '추장의 딸'이란 이름으로 올린 글이었어. "저번주에 안면도 다녀왔어요~ 아 이 절 이름이 뭐였더라~ 이 백구들이 우릴 반겨주었답니다." 아마도 동문수학하는 선후배들과 다녀온 엠티의 풍경 사진이었던 것 같네. 무슨 모임이 있을 때마다 제일 열심히 사진을 찍어주던 사람도 너였지. 하지만 사진은 유실되고 제목만 남아 있어서 지금은 확인할 길이 없어. 시간은 조금 더 흐르고, 저마다의

과정을 마치고, 학교를 아예 떠나거나 또 학교에서 멀어지다 보니 어느덧 함께 공부했던 사람들도 많이 흩어지게 되었어. 다행히 네가 석사 과정을 마친 후에도 우리의 공부는 계속되었지. 나역시 박사 과정을 수료한 뒤였지만 여전히 앞날은 보이지 않았고 시는 늘 제자리였으니까 그럴수록 믿을 만한 동료와 함께 속깊은 이야기를 나누고 싶었어. 마지막 생존자들의 비장함까지는 아니더라도 할 수 있는 데까지는 포기하지 않고 해봐야 하지 않겠냐는 담담하나 끈질긴 마음. 하지만 갑작스러운 계시처럼 놀라운 시가 탄생하는 것도 아니고, 서로의 작품을 향한 말들은 엇비슷해질 수밖에 없었지. 작품과 사람을 구분하라고 우리는 배웠지만 어떻게 그렇게 쉽게 작품과 우리 자신을 분리할 수 있겠어. 지지부진한 시처럼 우리의 삶도 그걸 닮아가는 것 같아서 막막했을까. 자고 일어나니 이렇게 변했더라, 는 말처럼 삶이 극적으로 변화하는 장면을 자신의 눈으로 확인할 수 있는 사람은 얼마나 행복할까. 반복되는 시간 속에서 애쓰면 애쓸수록 우리는 지쳐갔던 것 같아. 그리고 말하지 못한 상처들도 있었겠지. 마침내 너와 나도 자연스럽게 연락이 끊어졌어.

3.

지금 나는 너의 등단작을 앞에 두고 있어. 「수박이 아닌 것들에게」를 재차 읽으면서 나는 네 속에 숨어 있던 강렬한 에너지를 감지하게 돼. 네가 작동시키는 화자는 지금 여름의 더위 안에서 질식할 것처럼 누워 있는 것 같아. 물이끼처럼 방 안에서 자라는 냄새들, 먹다 남긴 수박껍질에는 초파리가 꼬이고, 저기 쌓인 빨래 더미와 식은 밥그릇 위의 고요까지. 이 여름의 무더위는 생활 세계의 남루함을 있는 그대로 노출시키고. 그러니까 화자는 여름이 아닌 것을 좋아한다는 말을 하고, 얼어붙은 강과 누군가와 마주 잡은 손의 온기와, 귤껍질이 말라가는 겨울의 이미지들을 떠올리는 것이겠지. 떠나고 싶어. 겨울 속으로 옮겨가고 싶어…. 그럼에도 더위는 가시지를 않아서 동물원 우리에 갇힌 곰이 침 범벅의 수박 물을 떨어뜨리는 것 같은 환상을 화자는 보고 있는 거야. 이 달고 끈적끈적한 감옥이라니. 늘어나는 여름. 이토록 사라지지 않은 여름.

하지만 그럴수록 여길 벗어나는 방법은 이 여름을 맹렬하게, 죽도록 사랑하는 것밖에 없는 것은 아닐까. 여름이 지속되어 생활 세계의 남루와 부패가 적나라하게 노출될수록 화자가 원한 삶이 결코 이런 것은 아님을 역설적으로 더욱 선명하게 확인할 수 있는 거잖아. 그러면 다른 삶에 대한 바람은 더욱 절실해지고 깊어지는 거잖아. 결국 여름이 지독하고 막막하게 깊어질수록 이 여름을 벗어날 수 있는 방법 또한 끝내 궁리될 수 있을 거라고 할 수 있지 않을까. 그게 뭔지 아직은 알 수 없지만 내 몸을 내 의지로 제어할 수 없는 것처럼, 종아리에서는 내 의지와는 상관없이 털들이 자라고, 머리카락은 젖어서 제멋대로 뺨에 달라붙는 것처럼, 어떤 제어할 수 없는 힘으로 여름 안에서 여름 아닌 것들의 탄생을 꿈꿀 수 있게 되는 거야. 파국의 순간까지 우리 자신을 밀고 나가야 하는 거야.

　"그러니까 나는 이 여름을 죽도록 좋아한다"라든지 "좋아한다 좋아한다 쏟아지는 말을 주워 담을 수가 없다"는 말은 그런 의미에서 여름을 사랑한다는 말이지만, 그냥 사랑하는 일 따위는 훌쩍 지나, 전력을 다해 '죽도록' 사랑함으로써 폐허에서 다른 삶을 꿈꾸는 의지를 확인하려는 시도라고 나는 생각해. 그래서 좋아한다는 말이 마구 쏟아지고, 마침내 주워 담을 수가 없는 지경까지 쏟아지는 마지막 연의 에너지에 강렬하게 빨려드는 것 같아. 화분의 상추가 '맹렬하게' 죽어가는 것처럼 이대로 모든 것이 '맹렬하게' 끝나버릴 수도 있겠지만 그 불안을 온통 짊어지고, 죽음의 예감까지도 감수하면서 이 여름을 더욱 좋아하는 것밖에 무슨 방법이 있겠어. 이 막다른 골목과 파탄의 예감, 댐을 넘칠 듯

이 밀고 차오르는 에너지의 수위 때문에, 시는 이렇게 끝났지만 끝난 뒤에도 마치 초등학교 오래된 문방구 앞에 설치된 구슬 자판기에서 구슬이 끝도 없이 쏟아지는 것처럼 '좋아한다'는 말이 몇 개의 산을 이루고도 남을 만큼 쏟아지는 장면을 나는 상상하게 되는 거야. 좋아한다는 말이 새겨진 그 구슬들이 내 발밑에까지 밀려와서 닿았던 거야. 처음 문예지에서 이 작품을 찾아 읽으며 나는 뜨거워진 마음으로 혼자서 속삭였어. '네가 보낸 그 긴 시간은 헛된 것이 아니었어. 잘했어 연희야. 포기하지 않고 여기까지 도착한 너를 보여주어서 고마워.'

4.

너의 등단 소식을 확인하고 기쁜 마음에 오랜만에, 아주 오랜만에 너에게 전화하는 데에는 많은 시간이 걸리지 않았어. 물론 내가 해줄 수 있는 건 만나서 삼계탕을 사주는 정도였지만. 어쩌면 이제부터 다시 시작이니까, 이 음식을 나누어 먹고 너의 길을 멋지게 나아가기를! 우리가 능히 그렇게 할 수 있기를! 작은 의례를 치루는 것처럼 밥을 먹고 차를 마시면서 우리가 놓쳤던 시간을 한꺼번에 회복할 수는 없었지만 너를 다시 만나서 이야기를 나눌 수 있다는 것, 그것만으로도 좋았지. 그때의 이야기를 통해

네가 아이를 낳고, 키우면서도 소울 메이트 같은 다른 친구와 열심히 시를 쓰면서 살아왔다는 것을 알게 되었어. 그래, 그랬구나. 온전히 너를 위해 쏟을 수 있는 시간은 한정되어 있고 하루의 대부분을 아내로, 엄마로 살아야 했던 네가 시를 쓰고 고치고, 공부하는 시간을 만들며 그 집중력을 유지하기 위해 얼마나 종종거리면서 애를 썼을까. 이렇게 몇 문장으로는 정리할 수 없는 얼마나 많은 고민과 노력과 다짐의 시간들이 거기에 쌓여 있을까.

가끔 말야, 우리가 시를 쓰는 힘은 어디에 있을까, 라는 질문을 해볼 때가 있어. 좋은 답을 가진 사람들이 많겠지만 때로 나는 이런 생각을 해. '삶이 이것으로 전부여서는 안 된다', 라는 마음. 그 마음 때문에 시를 쓰는 것 아닐까? 자기 자신과 대면하여 가장 솔직하게 자신을 들여다볼 수 있는 장르가 시이기 때문에 비밀의 거울 앞에 선 마음으로 우리는 자신의 모습을 그리고, 또다시 그리는 방식으로 솔직함을 더더욱 멀리 밀고 나가보는 것은 아닐까. 그래서 나는 손쉽게 희망에 대해 말하는 글들을 미워하기도 했어. 절망을 희망으로 바꾸기까지, 우리의 연약한 육체로 견뎌야 하는 시간이 얼마나 길고도 긴지. 그 속에서 아무것도 보이지 않는 시간들을 얼마나 오래 버티어내야 하는지. 그 시간들에 대해 말하지 않고 '고통 속에서 다른 삶을 꿈꾼다'는 말만 떼어

내 부각한다면, 그건 안 되는 거잖아. 물론 요즘엔 말이야, 너무 오래 '이것으로 전부여서는 안 된다'는 쪽에 머물러 있었다는 생각을 하고는 해. '그럼 어떤 모습일 수 있지?', '그럼 뭐가 가능하지?'라는 이야기를 할 수 있어야 하는 것 아닌가, 싶은 것.

아무튼 너의 등단작도 이런 생각과 감정이 없었다면 탄생할 수 있었을까? '이게 전부여서는 안 된다'는 마음으로 애를 썼던 긴 시간의 지층이 거기에는 퇴적되어 있다고 나는 생각해. 어느 때에는 너의 화자가 '이상하고 나빠지고 싶다'는 마음으로 자신을 드러내기도 하지. 그래서 너의 화자가 "대걸레로 딱정벌레를 세게 짓눌러버린 일, 그건 좋은 징조다/책가방들을 모아 소각장에 집어넣으니 불길이 치솟는다//언제 우리는 악마를 사로잡을 수 있었을까"(「코 파기의 진수」)라고 말하거나 "건너편 간판엔 *각종 찌게 팝니다 어름있읍니다 나으 죄를 사하여주십시요 옳바른 행동교정* 이상한 글자들이 좋았다. 내 이야기가 비뚤어질수록 좋았다. 아무도 날 교정 못 하는 게 좋았다. 정답과 멀어진 내가 좋았다."(「자주 틀리는 맞춤법」)라고 말할 때, 나는 문득 상상해. 내가 봤던 너의 환한 모습들, 그 뒤에는 너의 어떤 모습이 숨어 있었던 걸까.

5.

너는 아마도 매 순간 너를 어떤 틀에 가두고 교정하려는 시도들 속에서, 정답을 강요하는 손길들 앞에서, 너만의 방식으로 고개를 저으며 걸어 나왔을 거야. 여성이라는 이유로 이성애가 디폴트값이 되고, 착하고 조신한 몸가짐으로 너를 제한하려는 무수한 사회적 간섭들 속에서 너는 차라리 '핀란드식 콧수염'을 매달기를 선택했을 거야. "콧수염을 붙이고/콧수염에 대해 떠들고/콧수염에 대해 자랑하고 다녔다//(…)//코밑을 정성스레 쓰다듬는다/세상에서 가장 중요한 임무라는 듯/몰두하다가//사랑한다는 기분에 휩싸이는 것이다"(「핀란드식 콧수염」)라는 로맨틱한 감각을 나는 오랫동안 함께 따라가보게 되는 것이지. 이번 시집에서 너의 '최애템'은 아마도 '콧수염'이 아닐까. 너는 여성성을 가진 존재이기도 하지만 남성성을 가진 존재이기도 하니 이 기울어진 세계에서 남성성의 지표라고 할 수 있는 콧수염을 매단 순간 세련된 양복에 페도라를 쓰고, 보타이를 맨 품격 있는 태도로 어느 귀족 부인을 사랑하는 양성적인 존재로 등장하는 거야. 신사숙녀 여러분, 이것이 바로 진짜 저의 모습이올시다! 그렇게 너 자신을 소개하면서. 저는 이제부터 저 자신에 대해 더 많은 이야기를 써 나가보도록 하겠습니다. 또한 그렇게 덧붙이면서.

너의 화자를 경유하여 상상해보는 너. 이만큼 자유로운 너를 본 적이 있었을까. 물론 이 말은 너의 화자가 '남성'이 되고 싶다는 말이 아니라 "나는 어른이 아니고 어린이도 아닌/정체불명의 톰//톰은 화성에서 왔으니까/흑백이 뭔지 모르니까/너무 많은 모자 중에서 이상하고 아름다운/초록색 아이"(「톰보이」)라는 말처럼 '이상하고 아름다운 존재'가 되고 싶다는 말이겠지. 여성성과 남성성을 모두 가진, 중성적인 매력의 '톰보이'가 되고 싶다는 것이겠지. 80년대 유행했던 드라마 중에 〈전격 Z 작전〉이라는 미국 드라마가 있었잖니. 불의의 사고 후 성형 수술을 하고 신분 세탁을 한 전직 형사가 인공 지능을 가진 '키트'라는 자동차와 함께 악의 세력을 처단하는 그런 드라마. 이번 시집에서 그 제목은 〈전격 X 작전〉으로 변형되어 들어와 있지만, 너는 아마도 '전격 콧수염 작전'이라는 이름을 붙인 작전을 지금 수행 중인 것은 아닐까. 아니면 '전격 톰보이 작전'이라고 해야 할까. 그게 어느 쪽이든 '이것이 전부여서는 안 되는 우리의 삶'을 위해, 하지만 무엇보다도 내가 사랑하고 아꼈던 한 존재를 위해 너의 이야기를 따라 읽는 지금, 나는 무한한 기쁨을 느껴. 전격 톰보이 작전. 미션 수행 중!

아침달 시집 17

폭설이었다 그다음은

1판 1쇄 펴냄 2020년 12월 16일
1판 5쇄 펴냄 2024년 11월 1일

지은이 한연희
큐레이터 김소연, 김언, 유계영
편집 송승언, 서윤후, 정채영, 이기리
디자인 정유경, 한유미

펴낸곳 아침달
펴낸이 손문경
출판등록 제2013-000289호
주소 04029 서울시 마포구 양화로7길 83, 5층
전화 02-3446-5238
팩스 02-3446-5208
전자우편 achimdalbooks@gmail.com

© 한연희, 2020
ISBN 979-11-89467-03-6 03810

값 12,000원

이 책은 서울문화재단 '2018년 첫 책 발간 지원사업'의 지원을 받아 발간되었습니다.

아침달